KB269360

정글라이프

힘겨운 일상 속 행복 한 스푼

정글 라이프

Jungle Life

글·그림 반디울

매일경제신문사

지나고 보면 왜 그렇게 힘들어 했을까 싶은 일들….
하지만 그때 그 시간에 있는 사람들은 그 상황이 감당하기
벅차고 힘들어 벗어나기가 쉽지 않습니다.

그래도 살아가려면 딛고 일어설 만한 희망의 단서를 어디서든
찾아내야만 할 때가 있습니다.
이 글과 그림들이 그러한 희망의 작은 단서가 될 수 있기를
감히 욕심내 봅니다.

이 책의 에피소드들은 때론 희망을 얘기했다가 또 때로는
절망스런 현실에 대해 한탄을 합니다.
미숙한 제가 살아가는 인생이 그렇고, 남들도 이와 같을 때가
있지 않을까 하고 짐작하여 만들어진 이야기이기 때문입니다.

항상 고마운 격려와 넘치는 사랑을 주시는 네티즌 독자 여러분과
지원을 아끼지 않았던 가족, 출판사 관계자 분, 《정글라이프》를
아껴 주신 클라이언트께 깊은 감사 말씀 드립니다.

반디울

# 목차

한번쯤
뒤돌아보는 것은
어떨까요?

나를 뒤돌아본다는 것

이 뱀은 어린왕자에 등장하는 보아뱀입니다.

제 눈에는 코끼리를 임신한 산달 보아뱀으로 보이네요.

꼼짝없이 여섯 달 후,

보아뱀은 커다란 코끼리를 소화시켜버립니다.

그리고 언젠가 어린왕자도 이렇게 꿀꺽 삼켰을지 모를 일이죠.

왕성한 소화력을 가진 녀석은 식신대회를 휩씁니다.

그러던 어느 날….

보아뱀은 아주 평범한 먹잇감 하나를 발견합니다.

너무 간단해서 시시할 정도의 먹잇감이라 생각했죠.

이상하게 말려 있는 덩어리 하나….

녀석은 자기 몸을 삼켜버린 것입니다.

잘나갈 때,
혹 아주 잘나갈 때가 생기면…
자신의 꼬리가 어디 있는지 한번쯤 뒤돌아보세요.

•• The End ••

얼굴에 먹칠

내 잘못으로 얼굴에 먹칠을 했습니다.

부끄러운 마음에 이제 어떻게 얼굴을
들고 살아가나 절망적인 생각이 들었습니다.

조금의 시간도 흐르고
열심히 자국을 지우려 노력해 봐도
좀처럼 그 흔적은 없어지지 않았어요.
위축된 나는 어딜 가도
고개를 떨굴 수밖에 없었습니다.

그러던 어느 날,
나는 드디어 내가 두려워하던 상황과
마주하게 됐습니다.

결국 나는 숨기로 했습니다.
나를 향한 그 차가운 말들과
어그러져버린 모든 것들을
더 이상 마주하고 싶지
않았기 때문입니다.

나의 자책은 길고도 깊었습니다.

얼굴에 드리운 먹물 자국은
예전에 지워졌지만
잘못을 곱씹고 후회하는 나날이
일상이 되었습니다.

이 길고 어두운 은둔 생활 때문에
친구와 가족도 지쳐 멀어져 갔고
모든 것에서 고립되었죠.

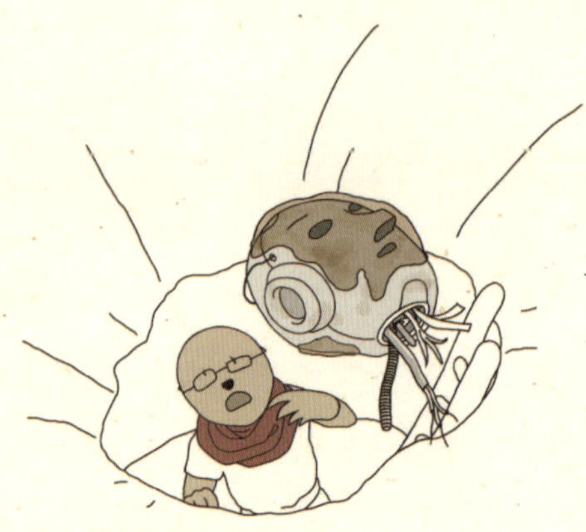

그런데 이 길고 지루한 공간에
갑자기 무엇인가가
굴러떨어졌습니다.

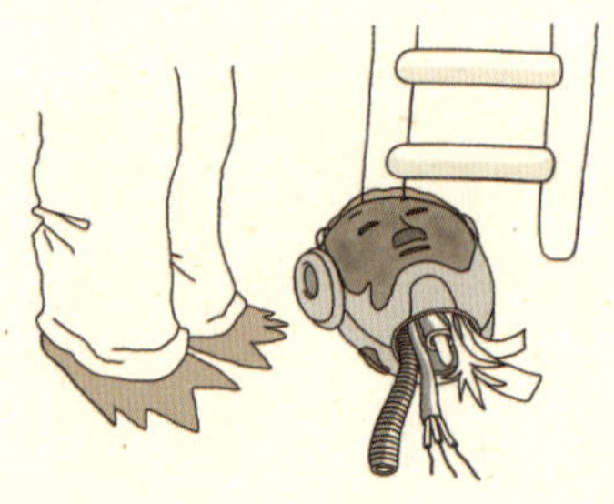

바로 나를 비웃던
사이보그의 머리였습니다.

그 얼굴에는
똥칠 범벅이 돼 있었습니다.

떨어진 얼굴에서 나는
똥 냄새를 참지 못하고
처음 굴 밖으로 나온 난
거기서도 사이보그들의 더럽혀진
얼굴들을 잔뜩 보았습니다.

굴을 나온 나는 주위에 있던 사람에게
이 광경에 대해 물었습니다.

"이게 다 뭡니까?
멀쩡했던 사이보그들이 어떻게 한꺼번에
모두 다 쓰레기가 돼버린 거죠? "

"안면 자가 교체 기능이
이 사이보그들의 제일 큰 단점이자 오류였어요."

"사이보그들은 잘못을 저지르고
얼굴을 바꿔가며 이탈 행동을 계속했어요.
자기반성 기능이 작동하지 않았던 거죠.
모두 폐기시키는 데도 애를 먹었습니다.

아니, 그런데 이런 곳에서
뭐하고 계시는 거예요?"

자기반성,
그 기준이 자신에게 너무 가혹해도
문제고…,

아예 그런 것 자체가 없는
쓰레기들이 넘쳐 나는 것도 문제입니다.

어디까지가 정답일까요?

·· **The End** ··

난 모든 기가
다 빠져버렸습니다.
아무 의욕도 없고
자신도 없이
그저 작아져버렸어요.

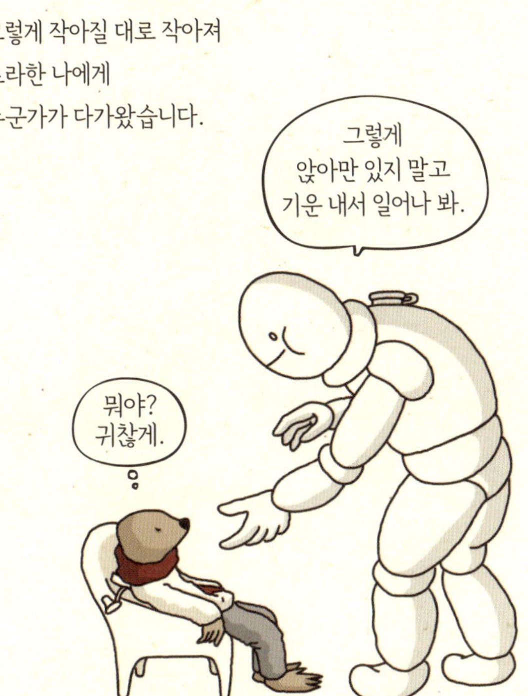

그렇게 작아질 대로 작아져
초라한 나에게
누군가가 다가왔습니다.

난 그때 그렇게 내미는
그 친구의 손마저
반갑지 않았습니다.

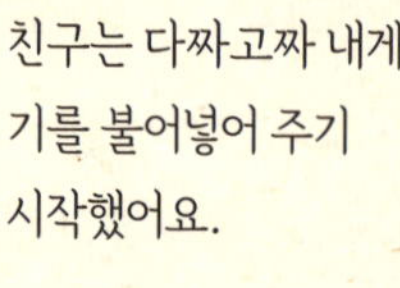

친구는 다짜고짜 내게
기를 불어넣어 주기
시작했어요.

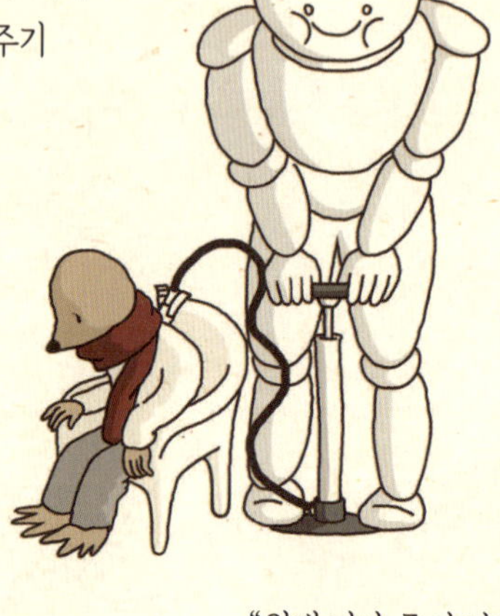

"원래 기가 죽어 있을 땐
모든 게 다 너에게 멀어 보이곤 하지.
하지만 곧 넌 자신감을 찾을 거야. "

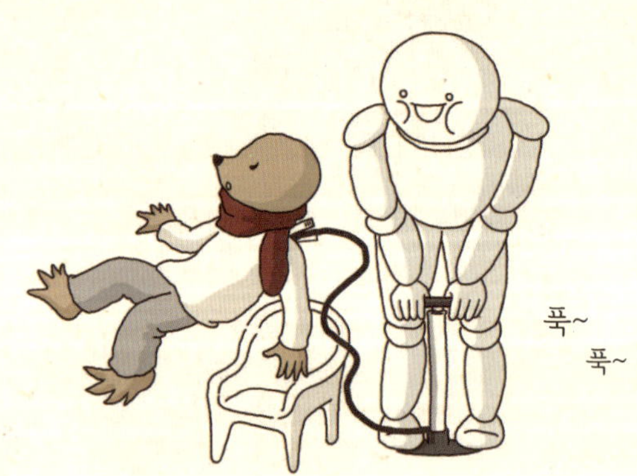

그 친구가 펌프질할 때마다
난 부풀어 올랐습니다.

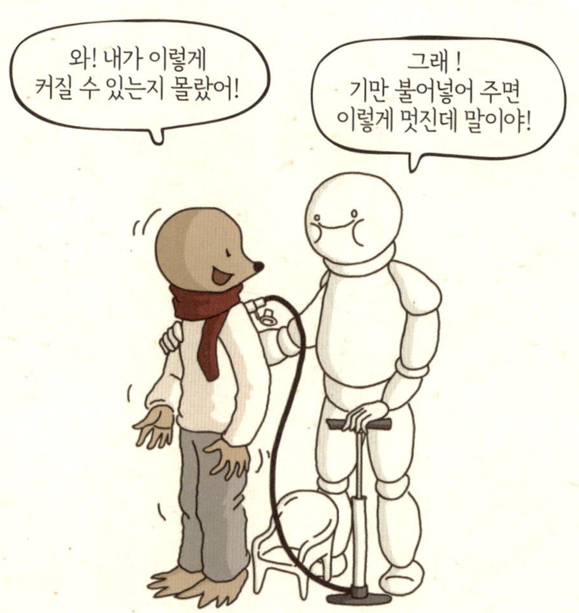

친구의 노력으로 난 생기를 찾았습니다.
끝없이 위축되어 있었던 모습은 이제 찾아볼 수 없었죠.

"정말 고마워!
내가 이렇게 당당히
설 수 있다는 것조차
잊어버리고 있었는데 말이야!"

"아니.
난 지금이 적당해."

"위세가 대단하지?
하지만 저렇게 붕 떠다니면

어느 날 세찬 바람이 불 때
제일 먼저 날아가버려."

"도를 넘어선 자신감은
오만이란 독처럼 차올라
저 친구를 날려버릴 수도 있어."

난 친구의 말을
귀담아듣기로 했어요.
그리고 두 발을 단단히 딛고서
적당한 기를 채웁니다.

다시 작아지지 않도록….

·· **The End** ··

나에게로 가는 길

한참을 혼자
걸어 내려갔습니다.

가는 길에 누군가로부터
차가워 보인다는 말을
들었습니다.

어디쯤에선 반대로
참 부드럽고 따뜻한 인상이라는
소리를 들었죠.

그래도
누가 뭐래도 난
밝고 유쾌한 사람입니다.

하지만
한번 삐끗하고만 나는
다시 발을 내딛을 의욕을 잃은 채
한참을 드러누워버렸어요.

다시 일어나 보지만
우유 부단함에 갈팡질팡….

그러다
제법 쓸 만하다는
칭찬도 듣고

또 어쩔 때는
한순간에
천지 분간 못하는
바보처럼 굴기도
했습니다.

바닥에 거의 다다를 즈음엔
슬쩍 사악한 모습을 비추다가

기꺼이 멈춰
남을 돕는 손을
내밀기도 했습니다.

그렇게 한참을 걷고 또 걷다

드디어 내리막길 맨 밑바닥에 다다른 난
이러저러했던 나의 모습들을 한자리에서 만났습니다.

나도 알지 못했던,
또 알고도 모른 척하고 싶었던
내 얼굴들은 만나고 드는
의문 하나….

이 많은 나란 녀석들은 다 뭐지?

대체 이 많은 내 모습 중에
진짜 나란 놈은 누구일까?

하지만 이내 내 안의 많은 내 모습에서
굳이 진짜 내 모습을 가려내는 건
별 의미가 없다는 생각이 들었습니다.

모두가 내 안에 숨겨진 나의 모습들.

정작 중요한 건 이 많은 나란 녀석들 중엔
내가 진정 바라고 원하는 모습과 그렇지 않은 모습이 분명하다는 것이었습니다.

내가 원하는 나의 모습….

그건,

내 안의 꽤 괜찮은 녀석들이
서로를 챙기고 이끌어 주면서 나타나는
얼굴들이라는 생각이 들었어요.

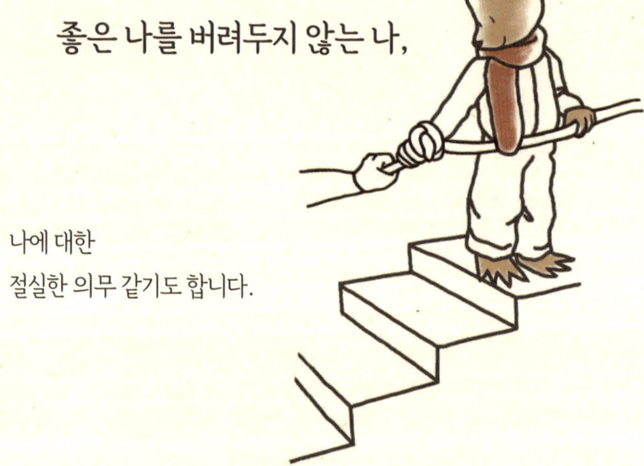

좋은 **나**를 버려두지 않는 **나**,

나에 대한
절실한 의무 같기도 합니다.

·· **The End** ··

그땐 웃을 수 있었어요.
가끔 새들이 겁 없이 날아와
내 어깨에 앉아도
웃어넘길 수 있었죠.

하지만 이제 난
한 마리의 새도 내 주위에
얼쩡거리는 꼴을 볼 수가 없어요.

그건 아마도 내가 그토록 원하던 뇌를 갖게 된
바로 얼마 전부터인 것 같아요.

지금은 날 무서워하기는커녕
머리 꼭대기에 앉아 노는 녀석들을 용납할 수 없습니다.

더 이상 우두커니 서 있을 수 없어진 난,

내가 팔을 벌리고 서 있던 그곳에서 내려왔어요.

그리고
내가 존중받으며 살 수 있는 곳을 찾아
무작정 길을 나섰습니다.

내가 떠난 빈자리엔

곤 새로운 허수아비가
세워졌다고 해요.

정글
라이프

그렇게 길을 걷다가
낯익은 얼굴을 만났습니다.

그는 얼마 전 자신의 뇌를
내게 전해 주었던 바로 그 허수아비였어요.

간절히 바라던 것을 얻은 기쁨에
자세히 묻지도 않고
덥석 받아들었던 뇌를 주었던 그….

그렇지만 날 알아보지 못했죠.
난 그를 두고 한참을 걷고 또 걸어
드디어 내가 속했던
광활한 들판의 끝자락까지 왔어요.

여기부턴 진정한 다른 세상!
머릿속이 심장처럼 쿵쿵 뛰었습니다.

새로운 세상에서 맞은 첫날 밤,
난 처음 머리를 낮추고 몸을 늘려
잠을 잤어요.

생각이 많아진 머리를 이렇게나마
쉬게 해 줘야 한다는 걸
이제 알았죠.

왜 그는 나에게 그의
뇌를 주고 다시 들판으로 돌아갔는지.
그 생각은 내일로 미루기로 했어요.

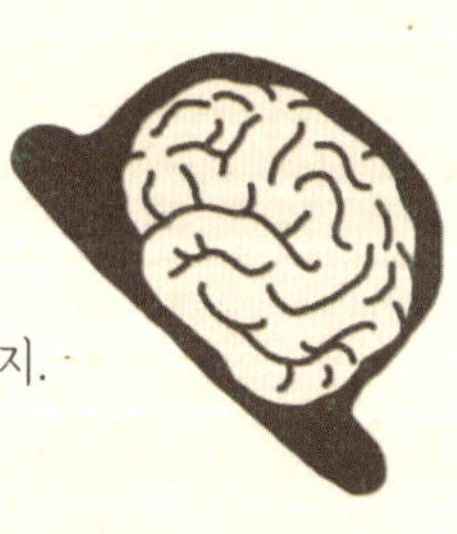

한숨 달게 자고 일어나니

난 하루아침에 늙어버린
노인이 되어 있었습니다.

도둑맞은 통장의 잔고처럼
누가 내 청춘을 속절없이
앗아 간 걸까요?

"이봐! 정신 차려!
나라고! 잘 봐. 네 얼굴 맞잖아."

거울 속에 있는 내 얼굴이 고함을 쳤어요.

돌려받을 재간 없는
소중한 시간을
허투로 써버린
철없는 인생도둑은

바로 나였다고도 소리쳤죠.

찬찬히 돌아보니
통장내역서처럼 쓰인
빼도 박도 못하는
인생의 기억들이
발밑에 수두룩 쌓일 듯
쏟아졌어요.

그렇게
인생을 무모하게 소비한 벌은…
무너지는 후회로 치르기로 했습니다.

"이봐요.
너무 그렇게 자책하지 말아요.
어차피 **인생 일장춘몽!**
지나고 보면 모두
꿈결 같은 것 아니겠수?"

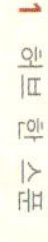

난 평생을 고지식하게 살았어요.
앞도 뒤도 안 보고
오직 한 곳에서
한 우물만 팠지.

정말 남부럽지 않은 우물을 일구었지만

그러는 사이 내 청춘도
깊은 우물 속 어딘가로
사라진 듯 보이지 않았소.

나도 돌이켜 보면
우물밖에 보지 못하고
살았던 시간이
못내 아쉽다오.

우리 둘 중간쯤 정도로
살았더라면
잘 살았다 생각하고
늙어 갈 수 있었으려나?

•• The End ••

삼신할머니가
이제 막 세상으로 나가는 우리에게
큰 보따리를 선물로 주십니다.

태어나면 저마다 크고 작은 복을 따로 더 받게 되겠지만
유일하게 공평히 부여받는 기본 옵션이 되는 선물입니다.

이 보따리 속에는
바로 시간이라는
진주가 들어 있습니다.

모두가
진주 보따리를 하나씩
둘러메고 태어나
인생길을 출발합니다.

하지만 세상에 태어나 살다 보니
누군가는 턱없이 적은 진주 몇 알만을 받고
짧은 생을 마감하는 친구도 있었습니다.

'모두가 묵직한 보따리를 짊어지고 살아가는데
이렇게 작은 진주 몇 알만을 받은 운명도 있구나.'
생각하니 그 친구가 안쓰러웠습니다.

하지만 그도 잠시
곧 그 친구에 대한 기억은 잊혀졌어요.

때론 지나치게 큰 진주 보따리를 끌어안고
압박을 받는 사람도 보았어요.

그런데 같은 진주를 값어치 있게
바꾸는 야무진 사람도 있었어요.
다듬고 광을 내서 실로 단단히 엮으니
멋진 보석이 된 거죠.

내가 가진 시간도 잘 엮어 내면
저런 멋진 보물이 될 수 있구나.
나는 새삼 깨달았습니다.

하지만 그제야 진주 보따리에 눈을 돌리게 된 나는
아차 하고 말았습니다.

보따리는 구멍이 나 있었고 돌이킬 수 없는 인생길에
내가 흘려버린 시간의 진주알들이 보였기 때문입니다.

묵직하게만 여겼던 보따리에는
얼마 남지 않은 진주가
있을 뿐이었습니다.

나는 그나마 남아 있는 진주라도
열심히 꿰어 보기로 했습니다.
하지만 보기보다 그 일은 만만치 않았어요.
다 꿰었다가도 우수수 쏟아져버리기도 하고
바늘에 아프게 찔리기도 했어요.

그래도 포기하지 않고 계속 꿰어 갔죠.

그렇게 살아가다
우리는 저마다 보따리 하나 달랑 메고 떠나왔던
그 길을 다시 되돌아갈 때를 만났습니다.

이승에서 받은 모든 것을 두고 오는 길,
허락된 단 하나의 물건은
꿰어진 자신의 진주알뿐!

어떤 이는 빛나는 보석을 만들어 두르고 왔고
어떤 이는 달랑 한두 알을 걸치고 왔으며
누군가는 다 흘려버린 빈손이었죠.

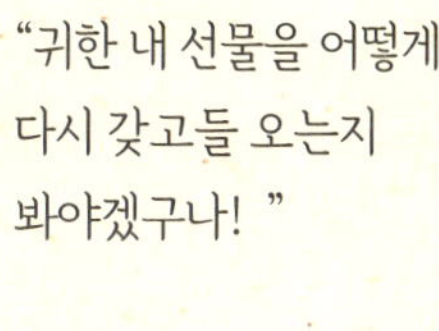

마중 나온 친구의 얼굴을 보자
내가 무심코 흘려버린 시간만큼도
살다가지 못한 친구의 애틋했던 시간이
떠올라 먹먹했습니다.

우리가 흔하디 흔하게 흘려버리는 시간이
그에게는 천금 같은 것이었다는 사실을
우리는 왜 떠나는 배에 몸을 싣고 나서야
알게 된 것일까요….

·· The End ··

당신은
누구일까요?

연탄불 갈아 본 적 있으신가요?

어릴 적 아버지가 많이 편찮으시던 날
나는 누가 시키지도 않은
연탄불 갈기에 난생 처음 도전해 보았습니다.

우선 아궁이에서 허옇게 타버린 연탄들을 모두 꺼내고
까만 새 연탄으로 갈았습니다.
그리고 꺼낸 허연 연탄들을
모두 재빨리 밖에 가져다 버렸죠.

그리고 스스로 뿌듯한 마음에
아버지께 말씀드렸습니다.

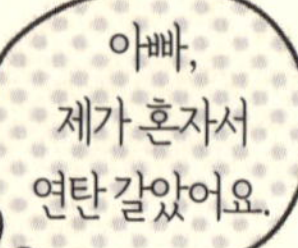

아버지는 내 얘기를 들으시곤 바로 아픈 몸을 일으켜
내가 갖다 버린 허연 연탄을 다시 갖고 오셨어요.

비록 색이 다 옅어져버리고
다 타버린 듯 보이지만
불씨가 남아 있는 연탄재를 밑에 남겨 두어야
새 연탄이 탈 수 있는 거라고 가르쳐 주셨죠.

그 옛날 허연 연탄재처럼
뽀얗게 새어버린
아버지의 흰머리….

하지만 여전히 난
아직 그 끝나지 않은 화력의 진가를
알지 못하고 있는 것 같습니다.

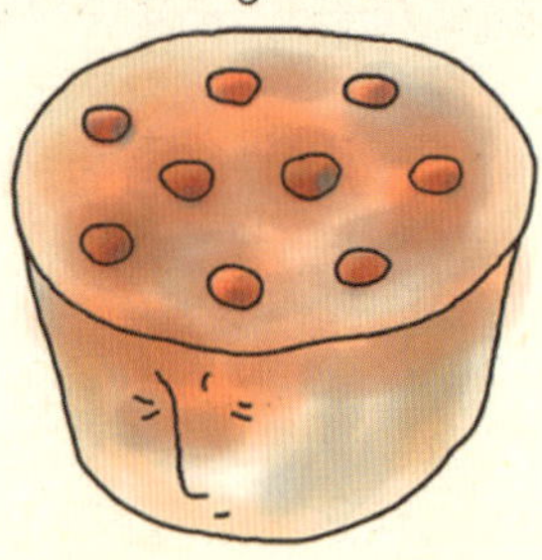

연탄광의 새까만 애들은 아직 모를지 몰라.
너희도 다 타고 나면
허연 재가 될 날이 온다는 걸….

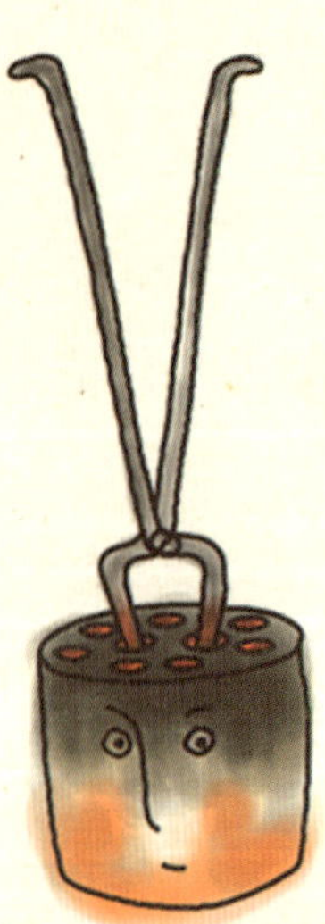

·· **The End** ··

"그럼, 확 돌려 깎아 주세요."

감자녀는 과감히
수술대에 올랐습니다.

"역시 하길 잘했어. 성공이야!"

감자녀는 다시 태어난 듯
기뻤습니다.

그렇게 수술에
성공한 감자녀는
병원의 공식 홍보 모델이
되었습니다.

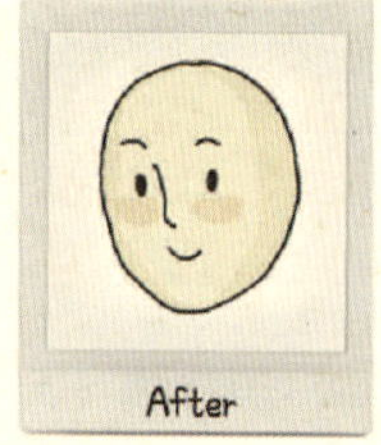

감자녀의 성공은
사람들을 끌어모았죠.
너도나도 병원으로
몰려들었습니다.

그러나 감자녀의 행복은 길지 않았어요.

하지만 그녀는
곧 생기를
다시 찾았습니다.

갈변하고 탄력 잃은 얼굴을 다시 깎아 내고
원했던 더 갸름한 얼굴을 갖게 되었기 때문입니다.

그렇게 깎아 내기를 몇 번….

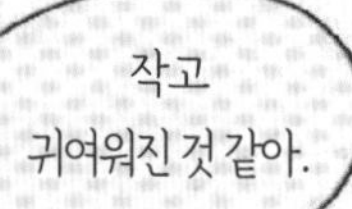

그녀는 마법에 걸린듯
자신의 모습에 만족했습니다.

하지만 거울은 무서웠죠.
얼마 안 가 감자녀의
얼굴이 남아나지 않게 될까 봐요.

"어! 누가 감자를
이렇게 해 놨어?
아주 알 감자가 됐네."

사과 같은 내 얼굴
예쁘기도 하지요.
눈도 반짝 코도 반짝
입도 반짝 반짝.

왜 자꾸 얼굴에 손대냐고?
그럼 왜 자꾸 얼굴 따지는데!

어려운 숙제 같습니다.
감자도 고구마도 모두 좋아한다고 하면서
왜 우린 사과 같은 얼굴이 예쁘다고 노래할까요?

•• The End ••

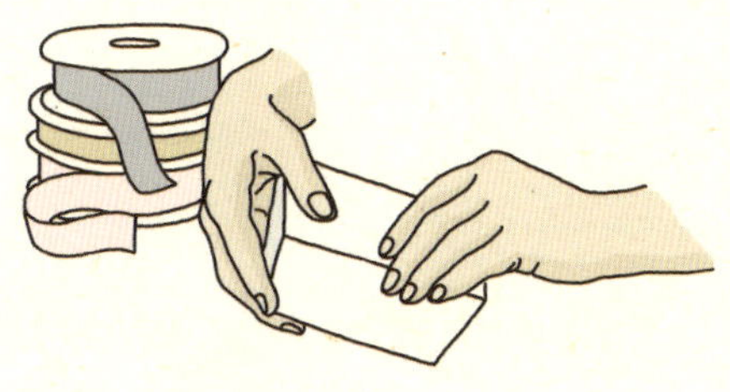

요즘은 무엇이든 포장을 하죠.

혹여 안에 든 내용물의 가치를 떨어뜨릴까
포장에 정성을 다합니다.

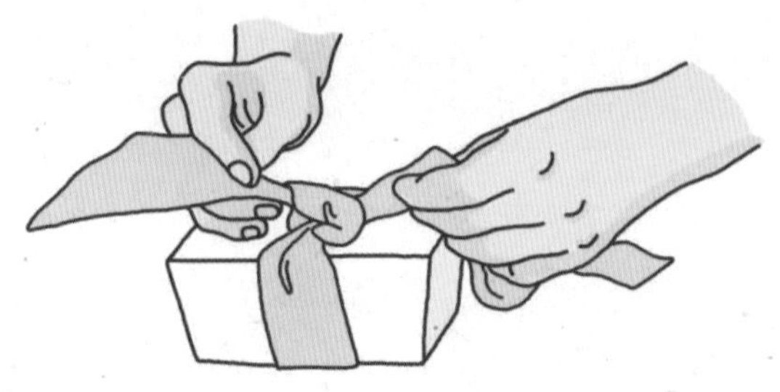

나는 이렇게 꾸미고 더하는 일에
별 소질이 없습니다.

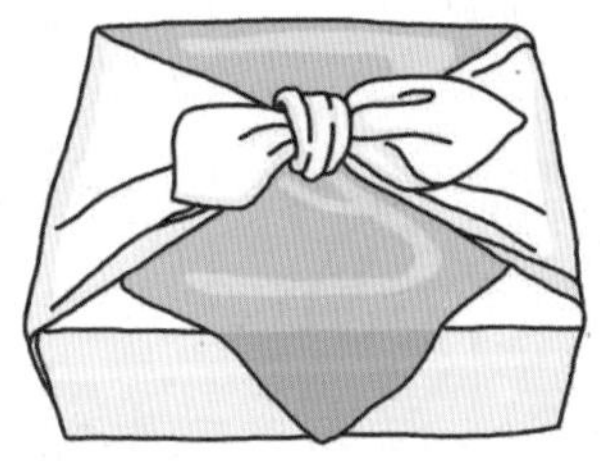

하지만 이런 일에
뛰어난 사람들이 있습니다.
근사하게 포장을 해서
그 가치를 높이는 재주가 있죠.

나는 이런 솜씨가 부럽습니다.
때로는 안에 든 내용물보다
이런 포장에 더 마음을 뺏길 때가 있으니까요.

우리는 선물 포장 못지않게
자신을 포장하는 데 공을 들입니다.
자신을 PR하고, 꾸미고,
조금이라도 더 멋지게 보이려고 하죠.

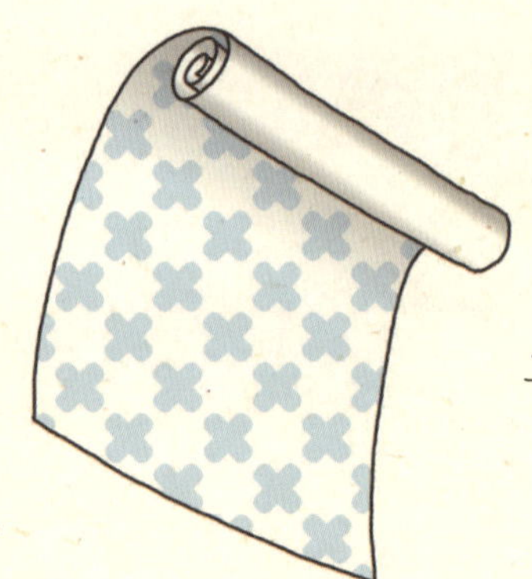

그럴싸한 배경으로 감싸고

학연, 지연, 끌어들일 수 있는
끈을 총동원하기도 하며…,

갖은 수단을 이용해
열심히 자신을 어필하려 합니다.

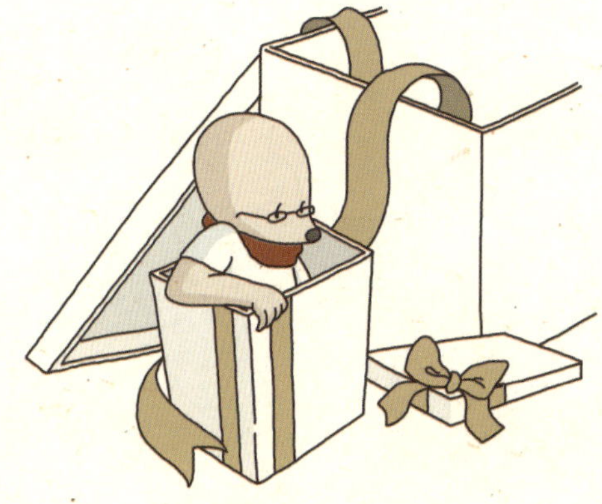

하지만 그 노력이
과대 포장으로 판명되거나

서투르고 어색한 솜씨로
틀어져버리기라도 하면,
오히려 역효과라는 참담한 결과가
따라붙기도 합니다.

진열대 위에 놓인 상품처럼
멋지게 보일 필요가 있는
요즘의 우리들….

당신은 자신의 가치를 돋보이게 할
멋진 포장 솜씨를 갖고 있나요?
더불어 반품되지 않을 만큼의 품질까지 말이죠.

항상 이 방면에 참 소질이 없어 막막합니다.

·· **The End** ··

난 좀 화끈한 성격입니다.

반응 속도도 무척 빨라서
금세 팔팔 끓는 물을 준비할 수 있죠.

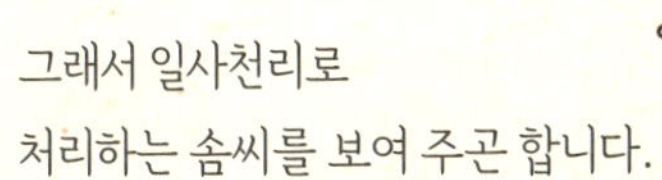

그래서 일사천리로
처리하는 솜씨를 보여 주곤 합니다.

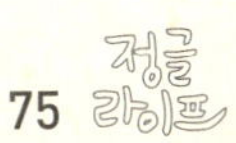

하지만 가끔 화력 조절이 안 되면
부글부글 끓어오르기 시작하는데….

결국은 그러다

꼭지가 빠지고,
뚜껑이 열리면서 빵하고
터져버리죠.

폭풍 같은 화가 가라앉고 나면
제자리로 돌아오곤 합니다.

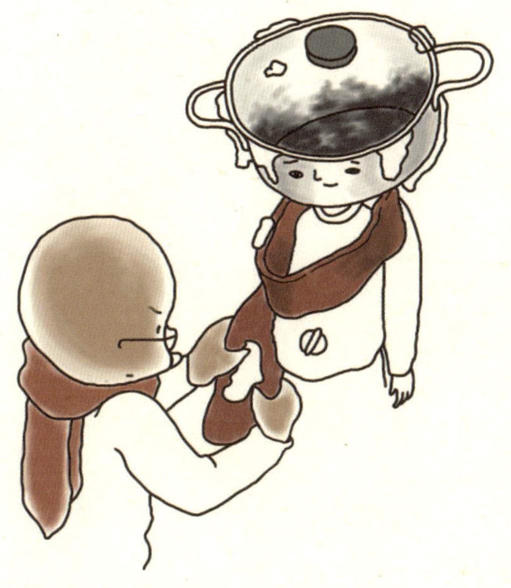

"너 또 못 참고 폭발해버린거야?
빌려 주면 항상 이게 뭐야!
이리 내!"

지나고 보면 끓어넘친다고
해결되는 일은 하나도 없었는데….
내 모습만 까맣게 타들어 가 얼룩져버렸습니다.

'나를 다스린다는 것.'
찰나의 순간에 끓어 넘치지 않게
늘~ 조심하는 마음 같습니다.

•• The End ••

'오물오물.'
작고 귀여웠던 녀석은
내가 주는 먹이를 잘도 받아먹었습니다.

먹성 좋은 녀석은 쑥쑥 자라났어요.

그러다 어느 날 커질 대로 커진 녀석은,
급기야 내 손에 든 먹이를 낚아채기까지 하는
게걸스럽고 흉물스런 괴물의 모습에
가까워지기 시작했습니다.

맞아요. 내가 그동안 녀석에게 건네주었던 것은
내 작은 걱정과 근심 조각들이었습니다.

잘 받아먹는다고 무심히 주었던 그 먹이를 받아먹고
녀석은 지금 나를 뒤흔드는 고민이라는
괴물로 자라난 겁니다.

이 고민이란 놈은
내게 없던 걱정과 근심마저
억지로 짜내게 만들면서
계속 덩치를 키워 나갔습니다.

난 내가 키워버린 이 커다란 고민에게서
어떻게 헤어나야 할지 모르겠습니다.
계속 이 놈에게 휘둘리고 끌려다니고 있습니다.
녀석은 날 놓아줄 기세를 보이지 않습니다.

이제 생각해 보면 티 없이 작고 귀여웠던 녀석에게
난 좀 더 좋은 것을 주어야 했어요.
많진 않아도 내게 남아 있는 맑고 밝은
그런 좋은 것들을 나누어 건네줄 것을….

그랬더라면 녀석은 잘 자라
나를 지켜 주는 지니가 될 수도 있었을 거예요.
내가 필요할 때 언제든지 달려와 주는…
그런 든든한 친구 말이죠.

·· The End ··

나도 조용히 다른 인형들과 섞여 놓여 있을 때면
누구보다 품위 있는 인형이에요.

하지만
이렇게 예쁘고 멋진 이 인형들 속에
묻혀 있을 때면 난 눈에 잘 띄지도 않아요.

매번 아이들 손에
들려 나가는
인형들은 따로 있는데….

그럴 때마다
그 인형들의 특징들이 눈에 들어오곤 해요.

내 앞에 있던 아기인형은
앙증맞게 방긋 웃고 있으면 되고요.

예쁜 관절인형은 새침하게 눈만 깔고 있어도 돼요.

애는 무게 잡고 폼 나게 있으면 되고요.

토끼인형은 아이의 말을
큰 귀로 조용히 들어 주고
무거운 입으로 비밀을
지켜 주면 돼죠.

아이가 조금 크니
자기 맘을 알아주는 이 녀석을 제일 좋아하더군요.

난 기다렸어요.
아이가 날 불러내면

나도 다른 인형처럼 멋지게 앉아서
맘으로 주고받는 속 깊은 대화를 할 준비가
되었다고 꼭 말하리라….

하지만 아이는 날 집어 들자마자
내가 준비한 말을 꺼내기도 전에 태엽을 감아버렸어요.

한참만에 태엽은 멈췄고
나는 아무도 봐 주지 않는
오두방정을 한참 더 떨고 나서야
멈출 수 있었죠.

난 이렇게 생겨 먹은 내가 싫었어요.

그래서 한참을 버둥거려 봤지만
등에 박힌 태엽은 어쩔 수가 없었죠.

선반 위로 돌아온 나는
지친 몸으로 토끼에게 마음을 쏟아 냈습니다.

하지만 내 속도 만만치 않아.
언제나 들어 주기만 하는 난
어느새 속이 이렇게
시커멓게 타 있더라고….”

겉만 보고 그 사람을 다 읽은 듯 얘기하지 말아 주세요.
바로 뒷장에 어떤 모습과 얘기가 있을지 모르니까요….

·· **The End** ··

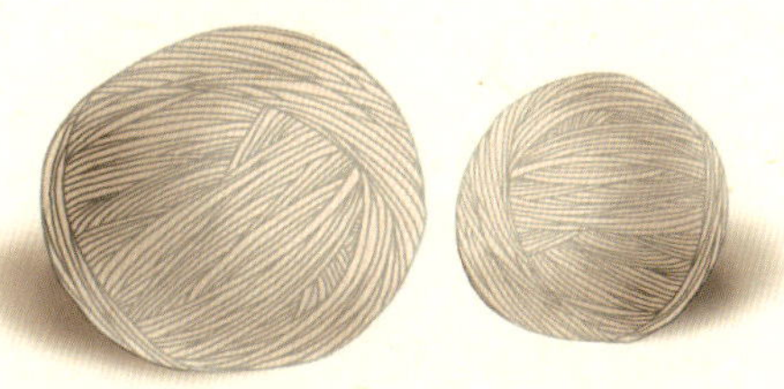

큰 실뭉치 두 덩어리를 보니 둥글둥글한 것이
'얼굴같이 보이기도 하는구나'라는 생각이 들었습니다.

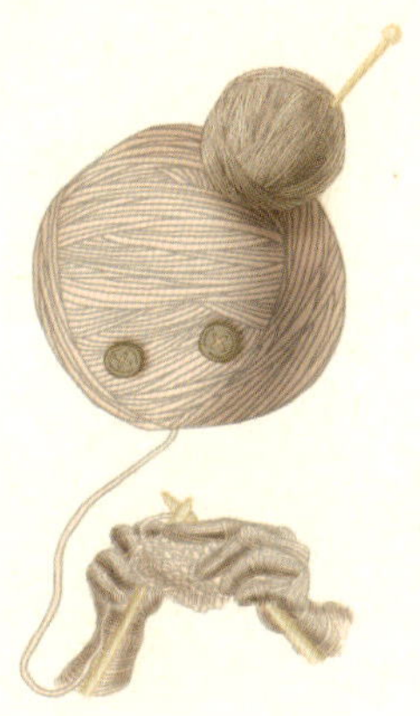

사람도 우리의 무언가를 소진해 가면서
또 다른 어떤 것들을 만들어 가고 있으니
사람과 실뭉치는 공통된 재료 같다는 생각이 들었습니다.
커다란 실뭉치가 차츰 풀려 나가면서
다른 어떤 형태가 되어 가는 것처럼 말이죠.

우리는 자신의
아이디어대로
자신을 디자인하고
만들어 갑니다.

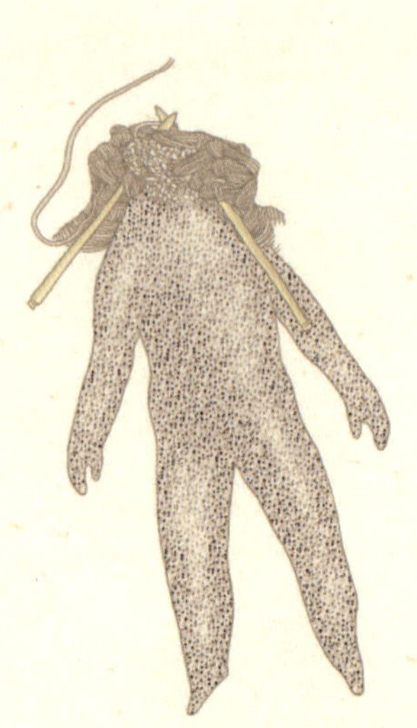

하늘로 솟구쳐 오를 수 있는
멋진 날개도,

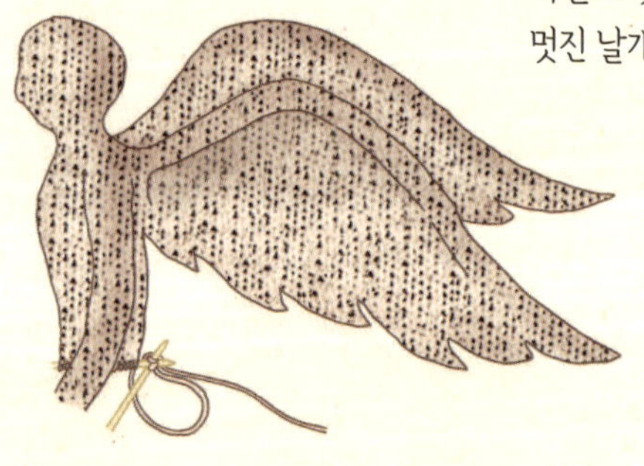

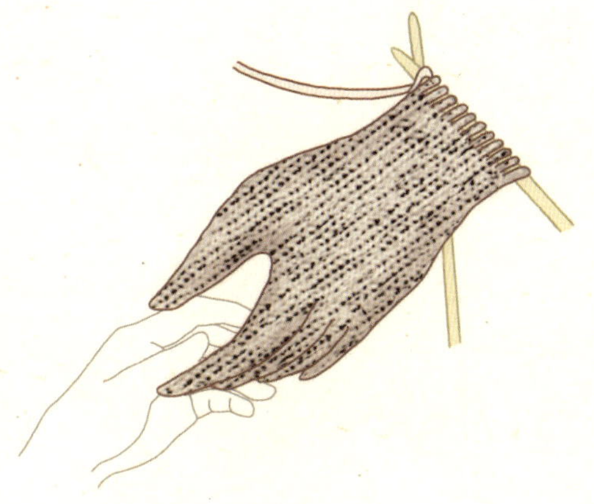

다른 이에게 내밀어 줄 수 있는 따뜻한 손도,

불굴의 의지로 가득 찬 튼튼한 마음도 만들어 갈 수 있는
충분한 가능성이 있는 존재들인 거죠.

때로 엉뚱하게 잘못 떠져 간다고 생각되면
쿨하게 풀어버리고 다시 떠 나가 볼 수도 있습니다.
포기해버리지 말고요….

끈기를 가지고 한 땀 한 땀
정성스럽게 만들어 가다 보면
언젠가 그저 실뭉치가 아닌 작품으로
거듭나는 순간이 오겠죠.

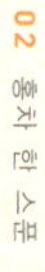

가장 안타까운 일은 가능성 덩어리들인 이 예쁜 재료들이
한 귀퉁이에서 실뭉치 그대로인 채로
퇴색되고 있는 것입니다.

당신의 뜨개질.
아직 시작도 안 했다면
지금이라도 뜨개바늘을 집어 드세요.

·· The End ··

당신을
힘들게 하는 사람이
있나요?

여자, 남자, 아들, 딸, 아빠, 엄마,
대리, 과장, 부장, 사장,
고딩, 중딩, 초딩, 대딩, 몇 학번, 몇 반 몇 번….
이제 역할을 정해 볼까요?

오늘 역할 놀이는
30대 회사원입니다.

출근 시간만 1시간 30분.
기름값 걱정에 차 놓고 다닌 지 석 달째.
그나마 좀 앉아 갈 수만 있으면 다행.

[Role Playing]: 전철 승객으로.
　　　　　　아침 7시 5분.

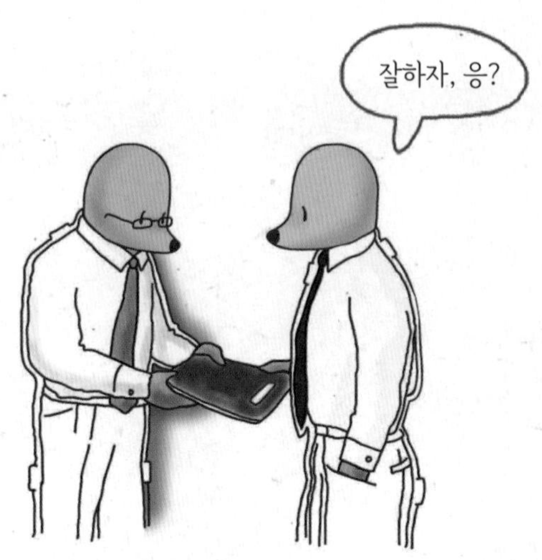

[Role Playing]: 대리와 부장 사이.
낮 11시.

어쨌거나 밥은 먹고,

[Role Playing]: 점심 손님으로.
낮 12시 30분.

코앞에 앉아 있어도 딴 세상 사람이 되어버린 것 같은 친구와.

[Role Playing]: 동기 동창으로.
저녁 8시.

좀 늦었어도 놀건 놀아 주는…

[Role Playing]: 남편, 아빠로.
밤 10시 10분.

늦은 밤 11시 10분.
모든 것을 벗어 놓고
오늘의 역할 놀이를 마칩니다.

그저 '나'로 돌아와서….

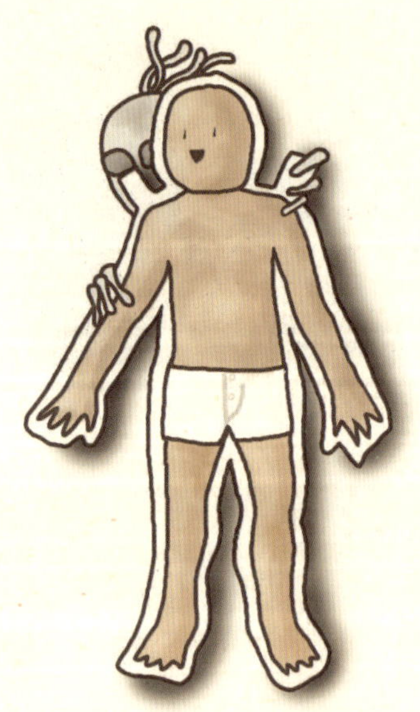

누군가로 살아간다는 것.
참… 쉽지 않은 일 같습니다.

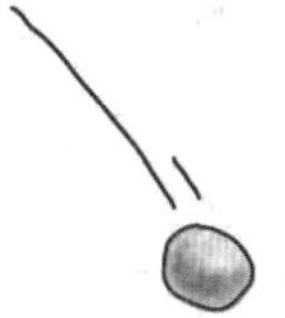

돌 하나가 날아듭니다.

너무 놀란 마음에 멍해질 뿐입니다.

그런데 또 다시 툭, 툭.
어디선가 계속 돌이 날아듭니다.

그러다가 하나가 비수처럼 꽂힙니다.

그러고도
계속 날아드는
돌들….

기막힌 마음에
돌을 주워 들던 팔이 맥없이 풀렸습니다.

등에 박힌 돌 하나는
혼자서 도저히 빼낼 수도 없는
깊은 상처를 남겼습니다.

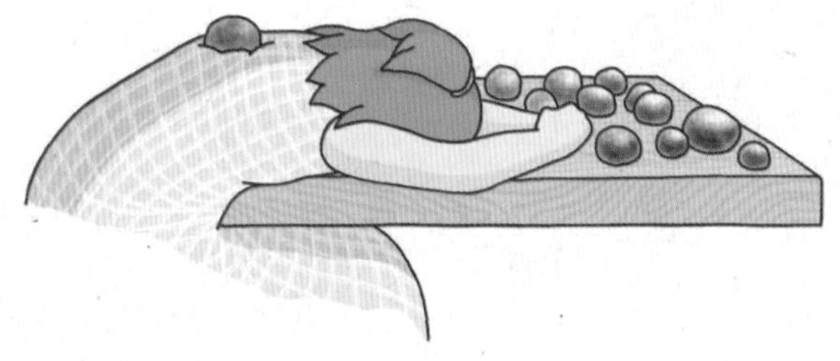

도대체 누가? 왜?
나에게 이 많은 돌들을 던졌을까요?
너무 아프고 슬펐습니다.

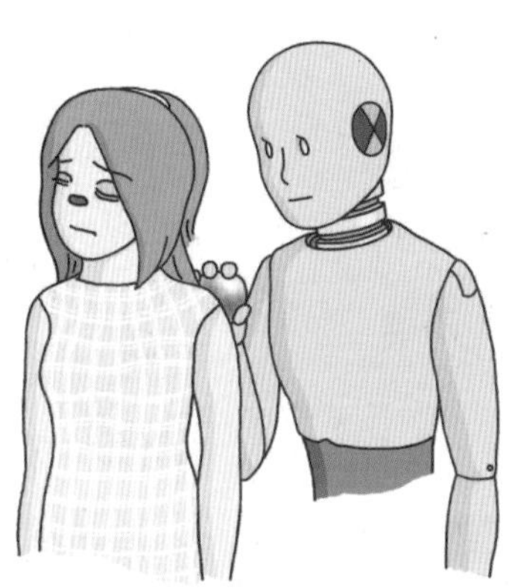

친구는 혼자서 빼낼 수 없었던
깊이 박힌 돌을 빼 주었습니다.

"누가 너한테 이런 거야?
도대체 남한테 이렇게
상처를 주는 것들은 누구야?
대체 누가 이렇게 아무 생각 없이 돌을 던진 거냐고?!"

"상처 받는 것에 익숙한 나지만
네가 던진 그 돌은 정말 오랫동안 아팠어.
하지만 부디 너도 빨리 잊기 바란다.
나처럼 힘들지 않게…."

오늘도 우리는 남에게 아프게 툭 던지고
쉽게 잊을지 모릅니다.

·· The End ··

다음은 너

우린 원래 친한 사이였어요.

적어도 그 아이가
나타나기 전까지는
확실히 그랬죠.

얼마 후
모두가 함께 놀던
이 평범했던 날.

이날이 내가 그 아이와 웃고
떠들며 노는 마지막 날이
될 줄은 미처 몰랐습니다.

다음날

모두가 나를 등지고
있는 그 낯선 모습들….

그 후, 무슨 일이 생긴 건지 물어볼 수도 없을 만큼
나는 철저하게 아이들과 구분되기 시작했습니다.

그렇게 내게 너무나 잔인하고 긴 겨울이
시작되고 한참 후….

결국엔 일어나지 말아야 할 일이
찾아오고야 말았어요.

깨진 안경보다
슬펐던 건
믿고 싶지 않은
친구의 모습이었어요.

아니, 돌아갈 수 없었습니다.

내가 떠난 후에도
그 가혹한 놀이는
이어졌고

가엾은 친구는
나처럼 등져지고 말았어요.

그 후 친구는 마을을 떠났고

나처럼 그들에게 돌아가지 못했습니다.
그리고 다시 돌아오지 않았어요.

하지만 내 친구 루돌프는
따뜻한 분을 만났다고 해요.
다시는 그 애에게 상처 주는 일 없는
변함없는 우정을 보여 주는 좋은 분을요.

다시 돌아보아도 내 어린 시절 잔혹한 겨울은
너무 안타깝습니다.

한 줌도 안 돼 없어질 사악했던 실체 앞에서
서로 곁에 있어 주지 못했던
어리고 여리기만 했던 우리들….

이 겨울이 지나면
악몽과도 같았던 우리들의 얘기가
다시는 없었으면 해요.

·· The End ··

어떨 땐 마치 협박처럼도 들리는
저 확신에 찬 소리.

그 소리에 아침부터 천국과 지옥이라는 익숙하고도
멀게 느껴지는 단어를 떠올려 봅니다.

지옥하면
떠오르는
이미지는

뜨거운 유황불이
솟아오르는 곳에서
모질고 형언할 수 없는
끔찍한 형벌로써
인생의 죗값을 치루는 곳.
그런 이미지가 그려집니다.

하지만 살다 보면 죽어서 가는 그곳이 아니어도
이게 지옥이다 싶은 순간이 있지 않나요?

정작 내가 지옥의 문 앞처럼
느껴지는 곳은,

꼬일 대로 꼬여 버린 관계 속에
냉담한 사람들로 가득한 곳.

그곳에 던져지는 순간이 아닐까 싶습니다.

반대로 모든 사람이 날 좋아하고 사랑해 주는 곳.
바로 그곳이 죽어서 갈 수 있는 천국보다
더 좋은 곳이 아닐까 싶고요.

천국이라 한들
이런 사람들이 없다면
무슨 의미가 있을까요?

하지만 그런 천국을 욕심낼 만큼
착하게 살진 못했으니
그런 상상은 접어 두고,

지옥 같은 무심한 세상 속에서도 내가 기댈 딱 한 사람,
그 사람만 있어도 천국을 마주한 듯 살아갈 수 있겠지요.

똑같은 문 뒤편도
그곳이
지옥이 되게 할 수도

천국이 되게
할 수도 있는 힘.

내가 아는 천국과 지옥은

사람의 손에 달려 있다는 걸

나는 알고 있습니다.

·· The End ··

122

하이에나란 놈은 자기보다
조금이라도 커 보이는 상대는
건드리지 않는다고 합니다.

그래서 키 작은 어린아이라도
긴 막대기를 머리에 대고
키를 높이면 함부로 덤벼들지
못한다고 하네요.

하지만 사막에서
길을 잃은 어린아이가
이 놈을 따돌릴 방법은
간단치 않습니다.

포기하지 않고
일정 간격을 유지하며
집요하게 아이 뒤를 쫓다가
아이가 힘이 빠져 막대기를
놓치는 순간만을
몇 날 며칠이고
기다리기 때문이죠.

그런데 여기 겉보기에는 멀쩡하지만
하이에나 같은 인간이 있습니다.

만만히 보이는 상대를 발견하면

바로 달려드는
야비한 습성이 같은
야만의 종족이죠.

이런 부류를 만나면
엄연히 안전한 영역이라 여겼던 곳도
순간 유리처럼 부서져 내리기 마련입니다.
마치 사막에 홀로 던져진 것처럼 말이죠.

우린 그럴 리 없다고 생각하며 살아가지만
때론 법보다 가까운 주먹이 누군가를 멍들이곤 합니다.

있는 자가 없는 자에게

어른이 아이에게

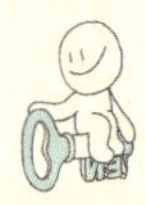

조금 더 센 자가 약한 자에게

젊은이가 노약자에게
행하는 충격적인 폭력.

얕보이면 끝인 세상.

우리도 긴 막대기 하나를 머리에 얹고 다니면
그 비열한 짐승들을 피할 수 있을까요?

· · The End · ·

올해도 모락모락 송편을 찝니다.

모양은 같아도 알록달록한 빛깔처럼
여러 가지 맛이 있어 골라 먹는 재미가 있습니다.

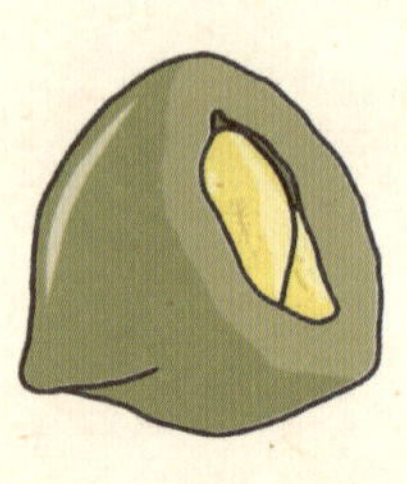

밤

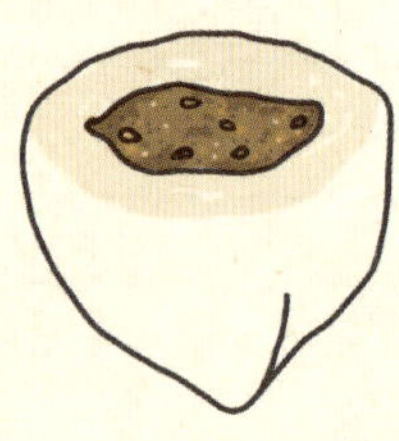

깨

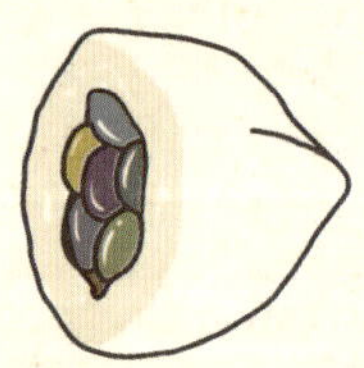

콩

팥, 감자, 도토리, 꿀, 호두, 생강, 계피….
각자의 취향과 기호대로 송편 소는 채우기 나름입니다.

한입 베어 물기 전까지
알쏭달쏭한 그 속이 궁금해집니다.

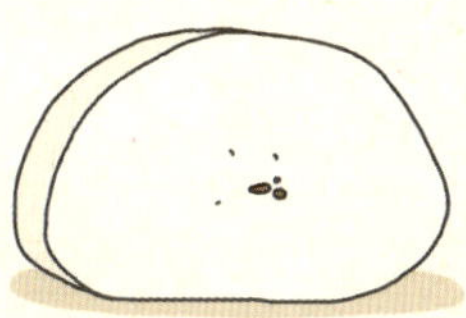

그런데 앙꼬 없는 찐빵처럼
완전 허무한 상황은….

싫어하는 속도 좋아하는 속도 아닌

속이 빈 송편을 만나는 때입니다.

갑자기 송편이
속을 알 수 없는 사람과 같다는
생각이 듭니다.

이 사람은
어떤 속으로 채워진
사람이지?

132

또 저 사람은?

그리고 여기 이 사람은?

송편 속에 비할 길 없는
무궁무진하고 다양한 개성들이 그 속에 숨어 있죠.

사람의 속을 채우는
소의 반은 사랑이 아닌가 해요.

다만 송편과 다른 점이 있다면
끊임없는 애정을 채워 넣어야
소가 없어지지 않는 요상한 송편 같은
존재란 점이죠.

채워지지 않은 공허하기만 했던 속은

달달한 사랑으로 가득 채우기도 하죠.

하지만 그렇게 꽉 찬 속이

줄줄 새 나가버리고 텅 비어버릴 때도 있습니다.

그렇게 대책 없이 무뎌져버리기 전에

서로를 채워 주는 배려는
사랑이 굳지 않게 도와주는
기술이 되죠.

채워 주고 받는 마음,
잊지 마세요!

·· The End ··

짜증의 엔트로피

짜증이 뚝뚝 떨어지는 어느 날,
신경질을 한가득 짊어지고
집으로 돌아왔습니다.

말을 걸어오는 엄마에게 나도 모르게 그만
있는 짜증 없는 짜증을 다 던져버렸습니다.

마구 던져버린 내 짜증 앞에
당황스럽게 서 있는 엄마의 모습을 보니
마음이 안 좋았어요.

내가 쏟아 낸 짜증을
떠안은 엄마는

때마침 힘든 하루를 보내고 돌아온
아빠와 마주하고

아빠에게 그 화를 던져버리고 말았습니다.

그리고 아빠는 더해진 화를 붙이고
짜증 폭발 일보 직전인 상태로
회사에 출근했어요.

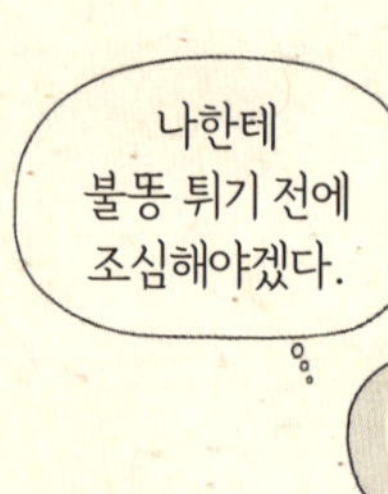

편한 상대에게 더 쉽게
던져 버리는 짜증….

하지만
짜증을 웃으며 처리할 수 있는
천사 같은 전문 수거반은
이 세상에 없습니다.

감정의 쓰레기통이 된 기분으로
받아 낸 짜증을 쌓아 가다가
속이 썩어 문드러지는 사람이 있을 뿐이죠.

함부로 남에게 버려서는 안 되는
내 감정의 찌꺼기들을
스스로 깔끔히 처리하기로 했습니다.

그런데 힘들게 모은 것들을 손에 쥐고도
막상 마땅히 버릴 곳이
어디인지 몰라 난감했습니다.

그때 한적한 곳에서
감정의 쓰레기를
태우고 있는 한 분을 만났어요.

잘 버리려고 들고 나오긴 했는데
어떻게 해야 할지 모르겠어요.
이렇게 태워버리면 되는 건가요?

꼭 그렇지만도 않아요.
태워 없어질 것도 있지만
타지 않고 남는 게 더 많으니 문제죠.

그럼 어떻게 해야 하죠?

나도 모르겠어요.
요즘 느끼는 건…
그저 이렇게 처치 곤란한 감정들은
최대한 만들지 말고 사는 게
최선이라는 생각이죠.

누구나 내재된
이러 저러한 짜증들을 안고 살아가지만

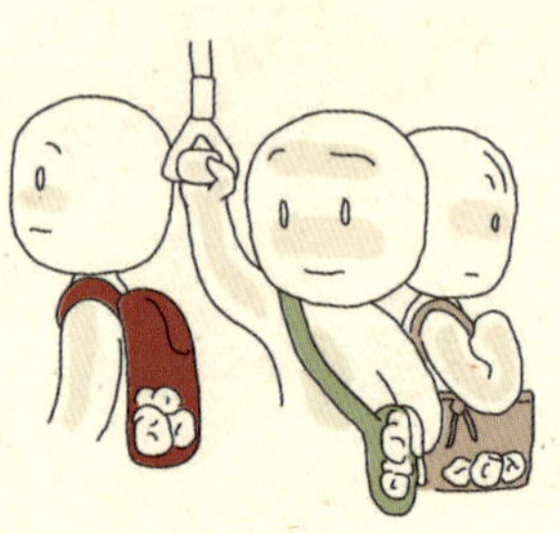

쉽게 터져 나오기 일수라고만 생각했던
이 짜증의 감정이 던져지면

공해처럼 세상을 떠돌다
내 앞을 어지럽힐지도 모른다는 생각을 해 봅니다.

•• The End ••

위로가
필요한가요?

어느 날 길가에서 무거운 짐을 잔뜩 지고 가시는
노인을 도와 드린 적이 있었습니다.

"아가씨, 고마워서 내가 선물 하나 할게.
아가씨는 앞으로 딱 한 번 과거의 자신에게 편지를 쓸 수 있어.
그건 즉, 미래의 자신으로부터 편지 한 통을 받을 수 있단 얘기지.
인생의 가장 중요한 순간 그 편지를 받게 될 거야.
노란 편지 한 장….
잊지 마, 아가씨! 노란 편지!"

그렇게 할머니는 내게 이해하기 힘든
강렬한 메시지 같은 말을 남기고 가셨습니다.
미래의 나로부터? 과거의 자신에게?
이게 다 무슨 소린지….

'그래. 미친 척하고 편지를 써 보는 거야.
과거의 나에게.

인생의 가장 중요한 순간을 바꿀 편지!
…그래 그냥 해 보는 거야.'

난 우선 과거 중 가장 중요한 시간을 떠올렸습니다.

아무리 생각해 봐도 고등학교 시절만큼
중요한 시절은 없는 것 같았습니다.

'그때 누군가 정말 진심으로
내게 말해 주는 사람이 있었다면
난 충분히 더 잘할 수 있었어.
얼마나 중요한 시간인데
정말 생각이 없었잖아.'

어떻게 하면 이 간절한 마음이 통할 수 있을까.

과거의 나에게 마주하고 말하듯
그때의 나를 일깨울 수만 있다면
아주 사소한 한마디도 놓치지 않으리라 생각하며
열심히 써 내려갔습니다.

그렇게 구구절절한 편지를
써 내려가고 있을 때

갑자기 어디선가
뭔가가 툭 떨어졌습니다.

펴 보니 나타난 짧은 글….

뒤돌아보고 아쉬워하지 말고 지금을 즐겨 줘.
지나고 보면 알 수 있을 거야.
넌 항상 제법 잘 해 왔다는 걸.

아름다운 내 청춘을
후회로 낭비하지 말아 줘.

미래에서 온 그 편지는
나를 마주하고 따뜻한 목소리로
말하고 있었습니다.

나와 또 그녀를 위해….

·· The End ··

나는 사랑받는 아이였어요.
될성부른 나무는 떡잎부터
알아본다는 말이 있잖아요.

엄마는 제게 거는 기대가 크셨어요.
그 누구보다 크게 키우고 싶은
욕심이 있으셨죠.

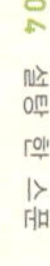

하지만
난 엄마의 기대와는 다르게
오히려 다른 애들에 못 미치는 아이입니다.

기대가 크면 실망도 큰 법!
엄마는 가끔 날 보며 한숨을 쉬셨어요.

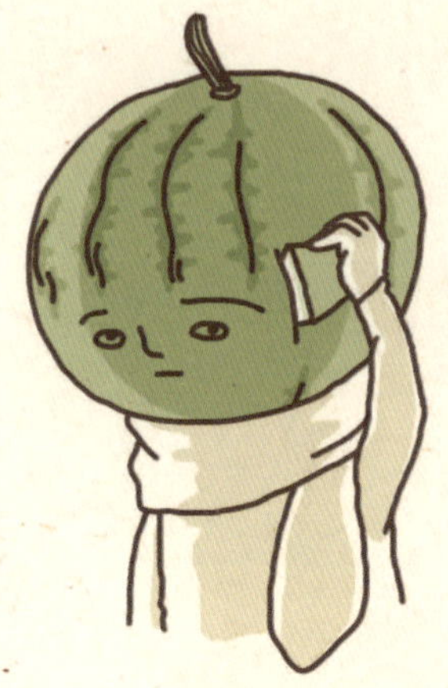

어느 날
나도 내 속을 알아보고 싶어졌어요.
난 어떤 놈인가?
정말 다른 아이들보다 모자라기만 한 건지?

내 속이 궁금해
견딜 수 없던 난,
직접 따 보기로 했어요.

그렇게 난 내 속을 살짝 맛보았어요.
실망스럽지 않은 그 달콤한 맛을!

이제 이 일은 비밀이에요.
그냥 조용히 다시 덮어 두기로 했어요.

혹 누군가 알아주지 않아도 괜찮아요.
누가 뭐래도 난
굳이 다시 열어 보일 필요 없는

속이 꽉 찬 아이니까요.

한 번쯤 천사를 떠올려 본 적 있으신가요?

만날 순 없지만
구름 위 저편 어디선가
날개를 퍼덕이고 있을지도 모를
그 존재를 상상해 보곤 합니다.

가끔은 나를 지켜 주는 수호천사를
고대해 보기도 했어요.

하지만 언제부턴가
내게 천사는 마치 아이가 끝나는 시절의
산타클로스 같은 존개가 되어버렸습니다.

156

사실주의 화가 쿠르베는
천사를 그려 달라 조르는 주문자에게
자신의 눈으로 본 적 없는 천사는 그릴 수 없다고
단호하게 거절했다고 합니다.
그래서 천사를 직접 데리고 오면 그려 주겠다는
유명한 일화를 남기게 된 거죠.

그리고 제자들에겐
꼭 천사를 그려야겠다면
너의 아버지의 모습을
그리라고 했다고 합니다.

쿠르베의 말처럼
문득, 천사는 구름 저편 어디에선가 찾아지는 존재가
아니라는 생각이 들었습니다.

순수하고 맑은 아이와

김치통을 건네주시는
대천사 같은
어머니의 모습.

사랑하는 남편의 모습이….

또 늘 부족한 나의 뒤에서
바람막이가 되어 주는 친구의 모습이
쿠르베의 앞에 세울 천사 모델들이 아닐까요?

그렇게 누군가의 천사들일 많은 사람들을 봅니다.

·· **The End** ··

오늘도 난 출근을 해.

오늘은 중요한 보고가 있는 날….
좀 긴장됐어.

그렇게 얼떨결에 보고를 마치고 와서 생각했지.

다람쥐 쳇바퀴 돌듯 뛰고 또 뛰어 보아도
항상 제자리를 맴돌고 있는 듯한 기분….
그래도 멈출 수 없는 무한질주….

목표는
멀기만 하고

가는 길은 험난하니
곳곳에 놓인
이 많은 난관을
어찌 피해 가야 하나….

목표도
있었어?

어느 꼬리를 믿고 잡아야
클 수 있는 건지.
때론 나름 재 보기도 해.

그냥 살아.
머리 쓰지 말고.

하지만 뭐니 뭐니 해도
실무엔 드러나는
성과를 올려야 하는 법.

난 오늘 한참 만에
한 건을 해냈어.

그렇게 일이 잘 풀리는가 싶었지만
위기 앞에 전면으로 나서야 할 때를 만났지.

역시 결과는 불 보듯 뻔해.
나 혼자 무참히 깨지고 말았어.

가까스로 날 추슬러 집으로 돌아왔어.

흐르는 물에
오늘의 이 상처를
흘려보내려고 했어.
같이 찔끔 흘러나오는
눈물도 말이야.

동시에 내일이 오면 어디로 숨어버리고 싶다는 생각이 들기도 했어.
대책 없이 그냥 나 몰라라 하는 심정으로 말이야.

그래도 탁자 위엔
오늘 얻은 성과가 있어.

달랑 두 개뿐이지만 먹고 살아야 하는
현실의 징표이기도 하지.
한입 베어 물고 잠들기로 했어.

내일은 또 일찍 출근해야 하니까….

•• **The End** ••

볕으로 따뜻해진 자갈길을 걷다 보니
작고 반지르르했던 작은 돌 두 개가 생각납니다.

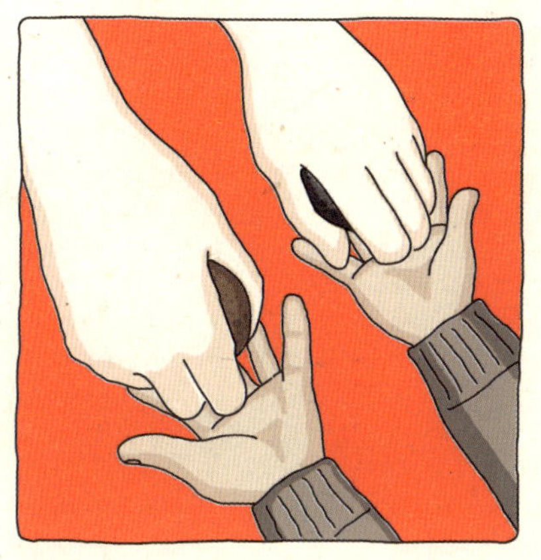

어릴 적 겨울 아침, 엄마는 등굣길에
따끈하게 데운 돌 두 개를 손에 쥐여 주셨어요.

학교에 가는 동안 그 돌을 주머니에 넣고 꼭 쥐고 가면,
그 옛날 엄마표 핫팩은
마치 엄마 손을 잡고 걸어가듯 따뜻했습니다.

그리고 포근한 그 손으로
내 어깨를 토닥여 주면
스르르 잠이 들곤 했지요.

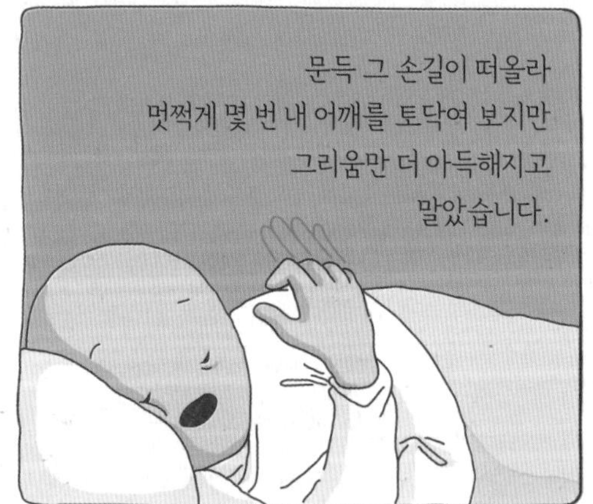

문득 그 손길이 떠올라
멋쩍게 몇 번 내 어깨를 토닥여 보지만
그리움만 더 아득해지고
말았습니다.

이제는 작고 파리해진
엄마의 손.
나는 이 손에 넘치게 받은 사랑을
돌려 드린 적 있는지….

오랜만에 만난 엄마는 여전히
그 온기 그대로 나를
보듬어 주십니다.

·· The End ··

한달 베개

그는 작은 공장의 사장입니다.
그럭저럭 아들과 함께 공장을 운영하고 있지만
사업은 신통치 않았습니다.

새록새록 신제품이 쏟아져 나오는 시장에서
그저 평범한 베개를 만들고 있었기 때문이죠.

그는 성공을 위해 자신만의 특별한 제품을 만들기로 결심했습니다.
그래서 직접 발품을 팔아 좋은 목화솜의 재료를
찾으러 다니기 시작했죠.

그렇게 찾아 헤매던 끝에 드디어
아주 특별한 느낌의 목화밭을 찾았고
계약을 하게 되었습니다.

그리고 엄선한 재료와
그만의 가공기술을 더해
아주 멋진 제품을 만들어 냈어요.

그는 그렇게 혼신을 다해 만든
자신만의 제품을 시장에 내놓았습니다.

그는 단지 물건을 만들고 파는 일을 떠나
자신이 만든 베개를 베고 잘 때만큼은
그 어떤 때보다 달콤하고 행복한 꿈을 꿀 수 있는,
그런 특별한 제품이 되었으면 좋겠다고
주문을 외우듯 바라고 또 바랐습니다.

그리고 제품을 만들어 내놓는 첫날,
자신이 만든 베개를 베고 잠이 들었을 때

주문이 이루어지듯 깨기 싫을 만큼
너무도 달콤한 꿈을 꾸었습니다.
사업이 성공해서 좋은 반응을 얻는
그런 행복한 꿈이었죠.

174

주문이 밀려들어 오고 있었기 때문이죠.
그에게 꿈보다 더 달콤한 성공이 펼쳐지고 있는 순간이었습니다.

그의 베개를 베고 잔 사람들은
행복한 꿈에 빠져 들었습니다.

특히나 현실이 괴로운 사람들은
그 달콤한 꿈의 세상에서 빠져 나오기 힘들었죠.

한번 이 베개 맛을 들인 사람들은
이 달콤한 유혹을 떨칠 길이 없었습니다.

사람들은 세상 근심을 잊고, 자고 또 잤습니다.

이렇게 사람들의 마음을 사로잡은 베개는
당연히 없어서 못 파는 히트 상품이 되었습니다.

그런데 이 베개의 수명은 길지 않았어요.
한 달이 지나면 보통 베개와 같아지고 말았기 때문에
이 베개에 중독된 사람들에게는
일명 '한 달 베개'로 불렸습니다.

그는 믿기지 않는
상황에 적잖이 당황했습니다.
이젠 히트를 넘어 수요를 감당할 수 없는
지경에 이르렀기 때문이죠.
그만큼 많은 사람들이 잠에 취해
거리에서, 학교에서, 교실에서, 직장에서 사라져
오직 잠만 자려 했습니다.

그는 상황의 심각성을 알았지만 생산을 멈출 수가 없었습니다.
상상할 수 없을 만큼의 돈 앞에서 모든 이성이 무너졌기 때문이죠.

하지만 곧 그에게도 문제가
생기기 시작했어요.

목화의 작황이 좋지 않아 찾아간 목화밭에서도
잠에 빠진 사람들이 보였기 때문이죠.
이미 잠에 중독된 농부를 깨울 수 있는 길은 없어 보였습니다.

그리고 가장 큰 문제는 그의 아들 또한
행방불명이 된 지 한참이 됐다는 점입니다.

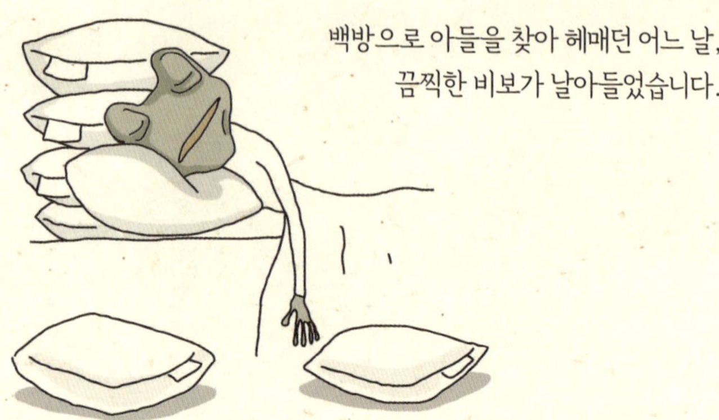

백방으로 아들을 찾아 헤매던 어느 날,
끔찍한 비보가 날아들었습니다.

잠에 중독된 아들이 몇 날 며칠이고 잠만 자다 굶어 죽었다는
믿지 못할 소식을 들었기 때문입니다.

큰 성공을 함께한 아들이었는데
그토록 깨어나기 싫은
현실이 무엇이었는지….

결국 아들을 죽음으로 몰고 간
베개를 끌어안고 그는 통곡했습니다.
자신이 만들어 낸 그 베개를 안고 말이죠.

억만금이 있다 해도 살 수 없는 아들을 잃고 난 후,
그도 지금 한 달 베개를 베고
깊은 꿈속을 헤맵니다.

꿈을 꾸면 어그러진 모든 것이
제자리로 돌아가 가장 행복했던 한때로
그를 인도했습니다.

그가 꿈속에서 놓지 못하는
가장 행복했던 그 순간은
바로 평범하게 아들과 일을 하던
바로 그 순간이었어요.

그렇게 그는 달콤한 꿈을 꾸다
한 달이 되지 않은 어느 날 꿈속에서 아들을 만났습니다.
모든 것을 놓고 가는 길, 한 방울 눈물만을 남기면서요.

·· **The End** ··

멀쩡한 장갑 한 짝이
길에 홀로 떨어져 있습니다.
누군가 흘리고 간 것 같아요.

아깝고도 측은한 마음마저 들던
짝 잃은 장갑 한 짝을 보고
집에 있던 장갑을 찾아보니 내 것도 한 짝이 없었어요.

아끼던 장갑인데….
어디 두고 못 찾는 걸까?
잃어버린 걸까?

잃어버린 내 장갑 한 짝도 초라하게 어느 길가에
떨구어져 있는 건 아닌지 속상한 마음이 들었죠.

다음 해
다시 찾아온 겨울,
옷 정리를 하던
상자들 속에서
잃어버린 줄만 알았던
그 장갑 한 짝을 찾았어요.

그렇게 찾아도 못 찾겠던 녀석을!
이제야 제 짝을 찾은 거죠.

나는 다시 짝을 찾은 둘을
또 다시 헤어지는 일이 없도록
기다란 줄로 이어 주었습니다.

아끼고 사랑한다면
당신의 짝이 방황하지 않도록 잘 챙겨 주세요.

·· The End ··

하루하루가
불안한가요?

인생의 먹구름

언제부턴가 고약한 먹구름이
내게 드리우더니
끊임없이 나만 쫓아다니며
비를 퍼붓습니다.

나에게만 향한 이 그림자, 이 빗줄기….
오늘은 제발 아니기를 바라 보지만
어김이 없습니다.

왜 나만
어두운 그림자 속에서
이 지겨운 우산을 쓰고 살아가야 하는지….

어딜 가도 따라붙는 빗줄기는
이제 운명같이 느껴졌습니다.

하지만 어느 순간,
더 이상 참을 수 없는 이 먹구름을
벗어나야만 한다는 생각이 들었습니다.

그 후,
가장 높은 곳,
구름과 제일 가까운 험난한 이곳에 올라
구름을 벗어날 방법을
생각해 보았습니다.

그리고
바람이 세차게 불던 날,
난 그곳에서 목숨을 걸고
바람을 타고 날아올랐습니다.

높이 솟아오른 난
처음으로 구름 밑을 벗어나
마침내
그 고약한 먹구름 위에
내려앉았습니다.

그렇게
난 구름 위에 올라앉아
이놈을 틀어쥐었습니다.

이제 난 더 이상
구름의 그늘에 있지 않아요.
맑은 날 우산 없이
친구와 차 한잔하며 웃을 수 있습니다.

요즘은 구름을 타고
이곳저곳 둘러보기도 하죠.

인생의 먹구름이 가시질 않는다면
죽을 힘을 다해서 확 올라타 보는 거예요.
우린 충분히 불운을 묶어 둘 수 있는
용기를 갖고 있습니다.

·· **The End** ··

193

새로운 한 해가 시작되었습니다.
이렇게 또 나이를 먹고 보니
스물 두 해의 겨울을 지낸
조록이 다시 떠오릅니다.

조록은 나를 큰 나무라 생각합니다.
세월을 살아온 만큼의 연륜이 있고
생각이 깊은 어른이라 여기는 듯합니다.
그래서일까요.
어느 날 자신의 고민들을 나에게
이야기해 주었습니다.

조록은 한참 고민이 많았습니다.

적다 할 수 없는 스물 두 해를 살았는데도
이제 적응될 법도 한 문제들에
휘둘리는 자신의 모습이
힘겹다 했습니다.

모진 섬 바람과 끓는 벌레들….
조록을 가만히 놔두지 않는
시련들입니다.

하지만 정작 조록의 고민을 듣던 나는
그 시절 조록만큼 아파하며 큰 적이 있는가
생각해 보았습니다.
밑동을 보이게 되는 그 언젠가
조록보다도 어린 엉성한 속 나이를 들키게 되는
엉터리 나이테를 두르고 있지는 않은지 말이죠.

오는 봄,
그대가 품어준 생명들이 날아올 때
나처럼 외롭지 않고

바람이 만든 탄탄한 재목으로
멋진 악기가 될 수도 있는 조록이

시련으로 커 가는 시간을 조금 덜 아파하기를
눈 내리는 어느 밤
무른 어른이 조심스레 바래봅니다.

조록나무: 조록나무는 제주도와 완도를 비롯한 따뜻한 섬 지방에서 주로 자라는 늘 푸른 나무다. 나무질이 균일하고 단단하여 기둥과 같이 힘을 받는 곳에 귀중하게 쓰였기 때문에 예부터 아껴 왔다. 처음 이름을 붙일 때 옛날 사람들도 나무의 다른 특징들은 제쳐두고 잎에 많이 붙어있는 벌레집에 주목한 것으로 짐작하고 있다. 제주도 사투리로 자루를 조록이라 하므로 작은 '조록'을 달고 있는 나무란 뜻에서 조록나무가 된 것으로 볼 수 있기 때문이다.

닻을 내리고 며칠째

흐린 마음으로 앉아만 있습니다.

실패란 상처가 자꾸 떠올라

닫아만 두었던 어두운 마음의 장막.

기운을 내어 걷어 내 보니
가려져 있던 우울의 커튼 뒤로
내가 놓치고 있던
눈부신 아침이 있었습니다.

이제 다시 닻을 올리고
항해를 시작하려 합니다.

스스로 드리웠던 두껍고
어두운 장막을 걷어 내고
날아오르기가
왜 그리 힘들었는지….

밝은 희망은
바로 뒤에 있었는데 말이죠!

·· **The End** ··

연극이 끝나고 난 뒤,

연극을 무사히 마친 이들은
그동안의 중압감을 털어버리고 환호하고 있어요.

하지만
그 친구는 아이들처럼 밝게
웃을 수가 없었습니다.

그동안 이 무대 하나만을 보고
달려온 시간들….
외우고 또 외우고…
한 번뿐인 이 무대를 잘 치르기 위해
서로 밤잠 못 자 가며
치열하게 준비했죠.

무대를 준비하면서 듣고 되새긴 말….

"인생의 주연들은 많지 않다!
처음 무대처럼 중요한 건 없다."

그런데 그 친구는…
이 큰 데뷔 무대를
망쳐버린 것입니다.

그는 절망했어요.
쏟아 부은 내 에너지가 빠져나가면서
대가 없이 부서져버린 내 미래도
놓아버리기로 했습니다.

반면 첫 공연을 훌륭히 치러 낸 다른 친구는
일약 스타가 되었습니다.

사실 나도 낙담했지만
무대를 쉽게 떠날 순 없었어요.
스포트라이트가 없는 그곳에서
언제 오를지 모르는 무대를 준비했죠.

주인공도 아닌 변변치 못한 나였지만
나에게도 사랑이 찾아왔습니다.
후광 없는 내 모습만을 사랑해 주는
소박한 연인을 만난겁니다.

그리고 무대에서 연극은 계속됐어요.
데뷔 무대가 다라고 생각했다면
보지 못했을 또 다른 무대들 말입니다.
비록 조연이지만 그중엔
로맨스도, 호러도, 코메디도, 판다지도, SF도…
갖가지 장르가 있었어요.

그러던 어느 날
내게도 눈부신 조명이 던져졌습니다.

내게는 오지 않을 것 같던
주연의 기회가 내게도 찾아든 겁니다.
그때 내가 그동안 체득한 삶과 무대의 내공이
제대로 터져 나왔습니다.

그 누구보다 밝은 조명이 내게 비춰졌어요.

돌이킬 수 있다면
절망했던
친구에게 말해 주고 싶어요.

네가 훌륭히 연기해 낼 수 있는
다양하고 재미있는
대본들이 이렇게 수북하다고!

네 몫으로 남겨진 멋진 대본들을 좀 보라고 말이죠.

그리고 무대는 주연 외에도
이렇게 많은 스태프들이 있으며

또 모두가 연극의 주인공이 되려 안달하지만
정작 잘 해낼 수 있는 많은
곳곳에 숨어 있다는 것도 말해 주고 싶어요.

첫 번째 무대에서 낙담하기엔
알 수 없는 인생의 무대는 너무 길고 넓다고 말이죠.

·· **The End** ··

말해 봐. 무슨 일인지….

너는 힘든 일 없어?

있지.

그럴 땐 어떻게 해?

힘든 일을 다 마음에 쌓아 두면
어떻게 살아.
그때그때 털어버리는 거지.

그게 말처럼 돼?

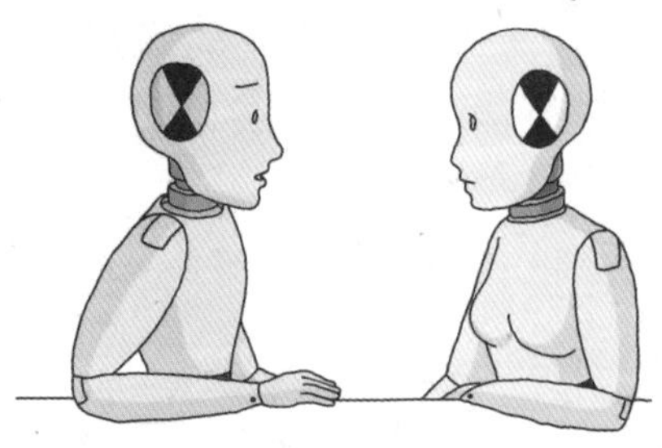

내가 이럴 줄 알았지.
그동안 이 많은 걸
어떻게 속에 담아 두고 산 거야?
요즘은 작은 일 하나도
걸러 내지 못했겠어.
아주 속이 꽉 막혀 있었네.

정글
라이프

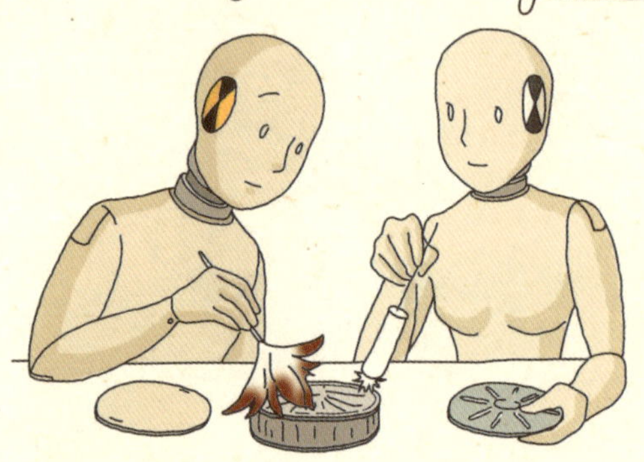

나도 많이 답답했지만
내 주변 공기도 좋진 않았겠어.
그동안 옆에 있는 사람까지
안 좋게 만들고 있었을 것 같아.
비워 낸 김에
꼼꼼하게 마무리하자.
사소한 일까지
담아 두는 일 없게 말이야.

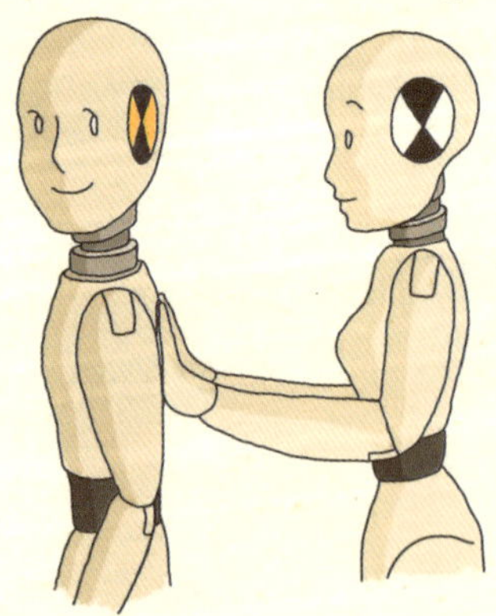

자 이제 일 년은
끄떡없을 거야.

여과되고 남은 것에
본연의 부드러운 향이 있죠.

여과지 없는 나는 있을 수 없어요.

차분히 시간을 두고 걸러 낸 것에는
그만한 가치가 있어요.

차 한잔 나누며
지난 묵은 걱정은 걸러 내고
앞으로는 가벼운 마음으로 모두 행복하기를….

·· **The End** ··

아이가 조르고 떼써도
보여 줄 수 없는 맛이 있습니다.

그것은 아이 손에 쥐어 줘도
까서 먹을 수 없는 사탕과 같습니다.

아이가 조금 크면 바로 이 연애의 맛에 대해
궁금해지기 시작합니다.

어떤 맛으로 채워진 달콤함일까
상상하고 기대에 차기 시작하죠.

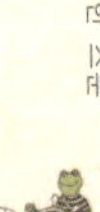

드디어 연애의 맛을 알 나이가 되면
설렘으로 콩닥콩닥~.

그리고 연애의 맛을 보게 되면
폭 빠져버리게 됩니다.

연애의 맛에는
데일 것 같은 뜨거운 열정의 화끈함도
있습니다.

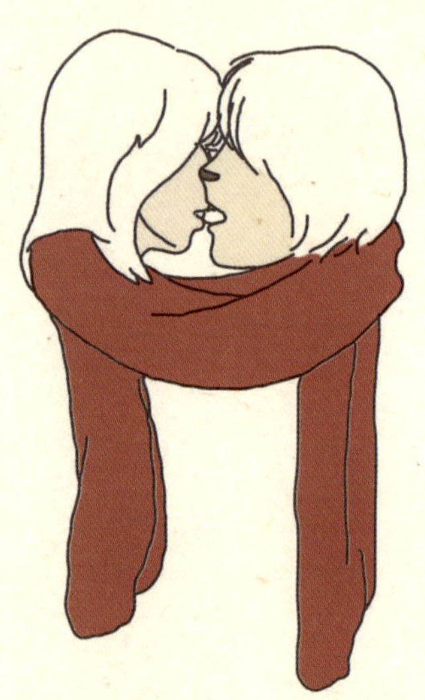

하지만 기대와는 달리
누구나 이런 달콤한 연애의 맛을
보는 건 아닙니다.

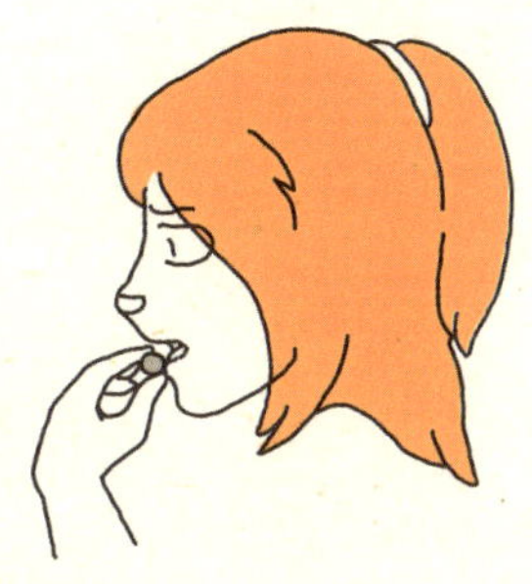

또 누군가는 평생 잊을 수 없는 쓰디쓴 맛을 보고
연애에 고개를 돌려버리기도 합니다.

어떤 사람들은
열정에 싸였다가도 금세 질리고 마는가 하면

미각을 잃은 채 연애의 빈껍데기만 붙들고
어쩔 줄 모르는 경우도 있기도 하고….

연애의 맛에는 가늠하기 힘든
혼돈의 시간들이 녹아 있습니다.
사랑의 맛에 빠지면 제어할 수 없는
의심과 집착이 동반되어 나타나는 경우도 있으니까요.

연애의 맛에 홀려 바보가 되는 것도
한순간일 수 있습니다.
마음을 통제할 수 없게 만드는
이 맛은 자신을 제대로 볼 수 없는
최면을 거는 게 아닌가 싶거든요.

연애의 단물이 빠지고 나면

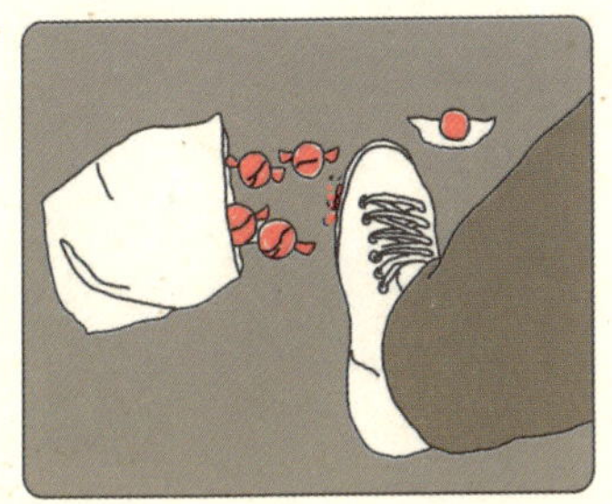

예쁘고 고운 것을 나눌 수 있으리라 믿었던 사람이
모든 것을 부수는가 하면

나조차도 확신할 수 없었던 사랑을

소중히 여길 줄 아는 사람이 있기도 합니다.

이런저런 연애의 맛이 있지만

이런 사람과 나눌 수 있는 것을
사랑이라 부를 수 있는 거겠죠.

연애의 맛이 사랑의 맛으로 익어 가는

과정을 함께 할 수 있는 사람….

연애의 맛….

그 단맛, 쓴맛, 어리둥절한 맛….

그 각양각색의 맛은 공짜가 아닌 듯 싶어요.

그래서 연애의 맛은 제값을 치를 수 있는
어른이 되고 난 다음에
볼 수 있는가 봅니다.

•• The End ••

부모는 기뻤습니다.
드디어 엄마와 아빠가
된다니!

둘은 생각을 합니다.
금쪽같이 귀한 아이를 어떻게 잘 키워야 할지….

다른 부모들처럼 아이를 위해
좋은 양분으로 잘 먹이고,

진자리 마른자리 갈아 뉘이며

햇살 같은 따뜻한 사랑으로 보듬어야
튼튼히 쑥쑥 자라나겠지요.

온 힘으로 아이들을 위험으로부터 지켜 내고

살아가는 방법도 꼼꼼히 가르쳐 줘야 할 겁니다.

부모는 남들처럼 열심히 아이들을 돌보았습니다.
하지만 먹고 사는 데 눈코 뜰 새 없다 보니

점점 아이들에게 햇살 같은 사랑을 줄
시간이 줄고 말았습니다.

어느 날부터인가 부부는 삐걱거리기 시작했습니다.
아이들을 생각할 틈 없이 어그러져버린 것입니다.

부모가 세상의 전부인 아이들에게
두 사람이 부딪치며 흔들리는 충격은
고스란히 전해졌습니다.

하지만 더 큰 문제는 방황하던 부모가
둥지를 떠나버리고 만 것입니다.

떠나버린 부모를 대신해
할머니가 아이들을
품어 주었습니다.

충분하진 않지만 최선을 다하는
사랑으로 말입니다.

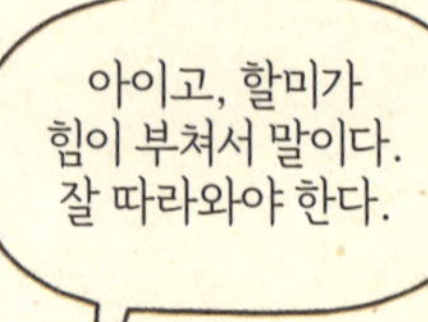

늘고 약한 할머니와 어린 아이들이 감당하기엔
벅찬 일들이 많았습니다.

그런데
아이를 더 지치게 하는 것은

이 상황을 노리고 있는 험한 세상입니다.
아이는 상처를 아물게 할 여유조차 찾을 수 없었습니다.

아이는 첫 비행을 꿈꿔야 할 시점에서
생의 추락을 생각하고 서 있습니다.

하지만 이런 상황은 생각하고 싶지도 않습니다.
벼랑 끝 선택을 했을 때 이렇게 안전히 받아 낼 손길은
이 세상에 없기 때문이죠.

부모가 떠났지만 아이에게
바라는 염치없는 소망은….

벼랑 끝에 서 있는 외로운 아이가
한 번만 더 힘을 내 주기를 바란다는 것입니다.

무서운 본능의 힘으로 단단한 껍데기를 깨고 나왔던
자신의 숨겨진 힘을
다시 내 주기 바라는 것입니다.

남들과 같은 커다란 날개가 돋아날
조금의 시간만 더 버텨 내 달라는 것입니다.

지워질 수 없는 상처지만 담담히 잘 버텨 낸 자신을
기특하게 바라볼 어른이 될 때까지 말입니다.

…미안한 부탁입니다.

•• The End ••

우리가 살아가는 이유 《정글라이프》

정글은 빽빽하게 나무가 밀집된 열대 밀림 지역을 말한다. 무성한 식물들과 더불어 많은 종류의 동물들이 서식하고 있다. 이들이 먹고 먹히는 본능의 세계가 정글이다. 생존만이 절대가치인 정글에서 아무 도구 없이 인간이 홀로 살아간다는 것은 너무 잔인한 일이다.

배부른 사자는 절대 사냥하지 않는다. 눈앞에 먹음직스러운 들소가 여유롭게 풀을 뜯고 있어도 배부른 사자에게는 그저 스쳐 지나는 풍경일 뿐이다. 동물들은 특별한 이유가 없는 한 굶주려야 사냥에 나선다. 하지만 인간은 다르다. 배가 불러도 가진 것이 많아도 끝없이 더 가지려고 한다. 우리는 그것을 탐욕이라 부른다. 세상에 탐욕만 있었다면 아마도 인간사회는 무너졌을 것이다. 영국의 철학자 홉스(Thomas Hobbes)의 이론처럼 이기적이고 탐욕적으로 살아갈 수도 있고, 공자의 말대로 반성에 반성을 거듭하며 착하게 살아갈 수도 있다. 어느 방식으로든 본인들이 선택하고 살아가게 된다. 반디울의 작품 《정글라이프》를 통해 우리들을 뒤돌아보면 사람들은 동물과 달리 감성이 있고 따뜻함이 있어야 살 수 있다고 믿으며 살고 있다.

《정글라이프》의 소재는 삶이다. 소소한 일상에서부터 시사성 짙은 소재까지 반디울의 소재 스펙트럼은 넓고, 다양하다. 대분의 작가들이 그러하듯이 반디울 역시 자신의 정서와 삶들이 작품 속에 오버랩되어 나타난다. 소재는 바뀌어도 여전히 그 안에는 인간에 대한 따스한 시선이 녹아있다. 이 작품은 2011년 10월 네이버에 연재되기 시작하여 지금까지 정글과 같은 웹툰 세계에서 살아남아 독자들을 만나고 있다. 이 치열한 정글에서 살아남은 반디울 작가의 무기도 역설적이게도 따뜻함이다. 자극적이고 오락적인 미디어의 홍수 속에서 《정글라이프》가 빛나는 이유다.

추운 겨울 시린 손을 녹여주는 조그만 난로처럼 반디울의 작품은 우리 가슴에 온기를 더해 준다. 《정글라이프》는 우리가 잊고 있던, 우리가 놓쳤던 삶을 되돌아보게 해 준다. 지난날 첫사랑의 아련함, 엄마에 대한 그리움, 친구에 대한 미안함 등이다. 그리고 이러한 감정들을 느낄 때마다 내가 인간이라는 것에 감사하게 된다. 우리에게 반디울이라는 작가가 있다는 것은 행복이다.

김성영 청강문화산업대학교 만화창작학과 교수

정글라이프

초판 1쇄 2013년 9월 27일

글 · 그림 반디울

펴낸이 성철환　**편집총괄** 고원상　**담당PD** 이지현　**펴낸곳** 매경출판㈜

등 록 2003년 4월 24일(No. 2 – 3759)

주 소 우)100 – 728 서울 중구 필동1가 30 – 1 매경미디어센터 9층

홈페이지 www.mkbook.co.kr

전 화 02)2000 – 2610(기획편집)　02)2000 – 2636(마케팅)

팩 스 02)2000 – 2609　**이메일** publish@mk.co.kr

인쇄 · 제본 ㈜M – print　031)8071 – 0961

ISBN 979 – 11 – 5542 – 024 – 9

값 13,000원